T'choupi
fait du poney

W0384874

Illustrations de Thierry Courtin

Papi accompagne T'choupi
au poney-club.
– Regarde, papi, ce poney
a une petite tache brune
sur l'œil !
– Il s'appelle Coquin,
dit la monitrice. C'est avec lui
que tu vas faire un tour !

Un personnage de Thierry Courtin

© 2010 pour la première édition.
© 2017 Éditions Nathan, Sejer, pour la présente édition,
92 avenue de France, 75013 Paris
ISBN : 978-2-09-257431-7
Loi n°49-956 du 16 juillet 1949
sur les publications destinées à la jeunesse,
modifiée par la loi n°2011-525 du 17 mai 2011.

Achevé d'imprimer en septembre 2020 par Lego, Vicence, Italie.
N° d'éditeur : 10268203 - Dépôt légal : février 2018.

– Avant de partir
en promenade, il faut bien
le brosser.
– Moi aussi, je veux le faire !
s'écrie T'choupi.

Ça y est, tout le monde
est prêt.
– Allez hop, T'choupi,
en selle !
– Oh ! c'est haut…

T'choupi est très fier
sur son poney.
– En route, Coquin !

Soudain, le poney s'arrête
pour brouter.
– Ah non, Coquin, la promenade
n'est pas terminée...

– Hue poney !
Coquin se met à trotter.
Ouh là là ! ça secoue.

Ouf ! le poney ralentit.
T'choupi lui fait un câlin.
– Sois sage, maintenant,
petit Coquin.

La promenade est finie,
le poney rentre à l'écurie.
– Coquin, c'est mon copain.
On pourra revenir, papi ?
– Mais oui, mon T'choupi.

– Maintenant, dit papi, c'est l'heure de ton goûter.

– Je peux en donner un peu à mon poney ? demande T'choupi.

– Merci Coquin, on s'est bien amusés ! Toi aussi, tu mérites un bon goûter.

Découvre d'autres aventures de T'choupi

1. veut un chaton
2. ne veut pas prêter
3. n'a plus sommeil
4. jardine
5. fait du vélo
6. est trop gourmand
7. est en colère
8. s'amuse sous la pluie
9. se déguise
10. fête Noël
11. se baigne
12. fait un bonhomme de neige
13. fait une cabane
14. rentre à l'école
15. a peur de l'orage
16. a une petite sœur
17. se perd au supermarché
18. prend le train
19. part en pique-nique
20. est malade
21. fait une surprise à maman
22. fête son anniversaire
23. a perdu Doudou
24. fête Halloween
25. fait un gâteau
26. va au cirque
27. fait de la musique
28. veut regarder la télé
29. fait un tour de manège
30. s'occupe bien de sa petite sœur
31. fait la sieste
32. est fâché contre papa
33. va sur le pot
34. a peur des chiens
35. cherche les œufs de Pâques
36. prend son bain
37. veut tout faire tout seul
38. aime la galette
39. ne veut pas se coucher
40. va à la piscine
41. fait des bêtises
42. part en vacances
43. est poli
44. s'habille tout seul
45. fait du poney
46. a une nouvelle nounou
47. a la varicelle
48. dort chez papi et mamie
49. bientôt grand frère
50. déménage
51. fait du bateau
52. mange à la cantine
53. a un bobo
54. a une amoureuse
55. va à la ferme
56. n'aime pas la bagarre
57. fait du ski
58. n'a plus de tétine
59. joue au tennis
60. dit non !